U0871492

诠释青春故事的心灵绘本

意林
漫绘

意林

公元 787 年，唐封疆大史马总集诸子精华，
编著成《意林》一书 6 卷，流传至今。
意林：始于 787 年，距今 1200 余年。

徐志摩情诗绘本

我有一个恋爱

意林漫绘/编绘

吉林摄影出版社

徐志摩

（1897年1月15日~1931年11月19日）

浙江海宁人，原名章垿，字槱森，留学英国时改名志摩。中国著名新月派现代诗人，散文家，倡导新诗格律，对中国新诗的发展做出了重要的贡献。1921年赴英国留学，入剑桥大学当特别生，研究政治经济学。在剑桥两年深受西方教育的熏陶及欧美浪漫主义和唯美派诗人的影响。徐志摩的诗韵律谐和，想象丰富，意境优美，富于变化，具有鲜明的艺术个性。

我有一个恋爱
WO YOU YI GE LIAN AI

我有一个恋爱——

我爱天上的明星；

我爱他们的晶莹：

人间没有这异样的神明。

在冷峭的暮冬的黄昏，

在寂寞的灰色的清晨。

在海上，在风雨后的山顶——

永远有一颗，万颗的明星！

山涧边小草花的知心，

高楼上小孩童的欢欣，

旅行人的灯亮与南针——

万万里外闪烁的精灵！

我有一个破碎的魂灵，

像一堆破碎的水晶，

散布在荒野的枯草里——

饱啜你一瞬瞬的殷勤。

人生的冰激与柔情，
我也曾尝味，我也曾容忍；
有时阶砌下蟋蟀的秋吟，
引起我心伤，逼迫我泪零。

我袒露我的坦白的胸襟，
献爱与一天的明星；
任凭人生是幻是真，
地球在或是消泯——
大空中永远有不昧的明星！

雪花的快乐

XUE HUA DE KUAI LE

假如我是一朵雪花，

翩翩的在半空里潇洒，

我一定认清我的方向——

飞扬，飞扬，飞扬——

这地面上有我的方向。

不去那冷寞的幽谷，

不去那凄清的山麓，

也不上荒街去惆怅——

飞扬，飞扬，飞扬——

你看，我有我的方向！

在半空里娟娟的飞舞，

认明了那清幽的住处，

等着她来花园里探望——

飞扬，飞扬，飞扬——

啊，她身上有朱砂梅的清香！

那时我凭借我的身轻，

盈盈的，沾住了她的衣襟，

贴近她柔波似的心胸——

消溶，消溶，消溶——

溶入了她柔波似的心胸！

我不知道风
是在哪一个方向吹

WO BU ZHI DAO FENG SHI
ZAI NA YI GE FANG XIANG CHUI

我不知道风
是在哪一个方向吹——
我是在梦中，
在梦的轻波里依洄。

我不知道风
是在哪一个方向吹——
我是在梦中，
她的温存，我的迷醉。

我不知道风

是在哪一个方向吹——

我是在梦中，

甜美是梦里的光辉。

我不知道风

是在哪一个方向吹——

我是在梦中，

她的负心，我的伤悲。

我不知道风

是在哪一个方向吹——

我是在梦中，

在梦的悲哀里心碎！

我不知道风

是在哪一个方向吹——

我是在梦中，

黯淡是梦里的光辉。

再别康桥
ZAI BIE KANG QIAO

轻轻的我走了，
正如我轻轻的来；
我轻轻的招手，
作别西天的云彩。

那河畔的金柳，
是夕阳中的新娘；
波光里的艳影，
在我的心头荡漾。

软泥上的青荇，
油油的在水底招摇；
在康河的柔波里，
我甘心做一条水草！

那榆荫下的一潭，
不是清泉，是天上虹，
揉碎在浮藻间，
沉淀着彩虹似的梦。

寻梦？撑一支长篙，
向青草更青处漫溯，
满载一船星辉，
在星辉斑斓里放歌。

但我不能放歌，
悄悄是别离的笙箫；
夏虫也为我沉默，
沉默是今晚的康桥！

悄悄的我走了，
正如我悄悄的来；
我挥一挥衣袖，
不带走一片云彩。

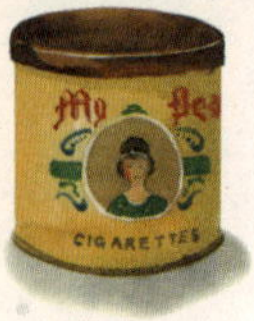
CIGARETTES

这是一个懦怯的世界

ZHE SHI YI GE NUO QIE DE SHI JIE

这是一个懦怯的世界：

容不得恋爱，容不得恋爱！

披散你的满头发，

赤露你的一双脚；

跟着我来，我的恋爱，

抛弃这个世界

殉我们的恋爱！

我拉着你的手，

爱，你跟着我走；

听凭荆棘把我们的脚心刺透，

听凭冰雹劈破我们的头，

你跟着我走，

我拉着你的手，

逃出了牢笼，恢复我们的自由！

跟着我来，

我的恋爱！

人间已经掉落在我们的后背——

看呀，这不是白茫茫的大海？

白茫茫的大海，

白茫茫的大海，

无边的自由，我与你与恋爱！

顺着我的指头看，

那天边一小星的蓝——

那是一座岛，岛上有青草，

鲜花，美丽的走兽与飞鸟；

快上这轻快的小艇，

去到那理想的天庭——

恋爱，欢欣，自由——

辞别了人间，永远！

海边的梦
HAI BIAN DE MENG

我独自在海边徘徊，
遥望着天边的霞彩，
我想起了我的爱，
不知她这时候何在？
我在这儿等待——
她为什么不来？
我独自在海边发痴——
沙滩里平添了无数的相思字。

假使她在这儿伴着我，
在这寂寥的海边散步，
海鸥声里，
听私语喁喁，
浅沙滩里，
印交错的脚踪；
我唱一曲海边的恋歌，
爱，你幽幽的低着嗓儿和！

这海边还不是你我的家，

你看那边鲜血似的晚霞；

我们要寻死，

我们交抱着往波心里跳，

绝灭了这皮囊，

好叫你我的恋魂悠久的逍遥。

这时候的新来的双星挂上天堂，

放射着不磨灭的爱的光芒。

夕阳已在沉沉的淡化，

这黄昏的美，

有谁能描画？

莽莽的天涯，

哪里是我的家，

哪里是我的家？

爱人啊，我这般的想着你，

你那里可也有丝毫的牵挂？

我来扬子江边买一把莲蓬①

WO LAI YANG ZI JIANG BIAN MAI YI BA LIAN PENG

我来扬子江边买一把莲蓬；

手剥一层层莲衣，

看江鸥在眼前飞，

忍含着一眼悲泪——

我想着你，我想着你，啊小龙[②]！

我尝一尝莲瓤，回味曾经的温存——

那阶前不卷的重帘，

掩护着同心[③]的欢恋；

我又听着你的盟言，

“永远是你的，我的身体，我的灵魂。”

我尝一尝莲心，我的心比莲心苦；

我长夜里怔忡，

挣不开的恶梦，

谁知我的苦痛？

你害了我，爱，这日子叫我如何过？

但我不能责你负，我不忍猜你变，

我心肠只是一片柔：④

你是我的！我依旧

将你紧紧的抱搂——⑤

除非是天翻——⑥

但谁能想象那一天？⑦

作品注释：

①这首诗最初见于1925年9月9日《志摩日记·爱眉小札》内。

②发表时为“红”。

③日记中为“消魂”。

④日记中此处无“：”。

⑤日记中“——”为“；”。

⑥日记中“——”为“，”。

⑦日记中此句为“但我不能想象那一天！”篇末署有：“九月四日沪宁道上”。

在那山道旁

ZAI NA SHAN DAO PANG

在那山道旁，一天雾蒙蒙的朝上，

初生的小蓝花在草丛里窥觑，

我送别她归去，与她在此分离，

在青草里飘拂，她的洁白的裙衣。

我不曾开言，她亦不曾告辞，

驻足在山道旁，我暗暗的寻思；

“吐露你的秘密，这不是最好的时机？”——

露沾的小草花，仿佛恼我的迟疑。

为什么迟疑，这是最后的时机，

在这山道旁，在这雾盲的朝上？

收集了勇气，向着她我旋转身去——

但是啊！为什么她这满眼凄惶？

我咽住了我的话，低下了我的头：

火灼与冰激在我的心胸间回荡，

啊，我认识了我的命运，她的忧愁——

在这浓雾里，在这凄清的道旁！

在那天朝上，在雾茫茫的山道旁，

新生的小蓝花在草丛里睥睨，

我目送她远去，与她从此分离——

在青草间飘拂，她那洁白的裙衣！

月下待杜鹃不来

YUE XIA DAI DU JUAN BU LAI

看一回凝静的桥影，
数一数螺钿的波纹，
我倚暖了石栏的青苔，
青苔凉透了我的心坎；

月儿，你休学新娘羞，
把锦被掩盖你光艳首，
你昨宵也在此勾留，
可听她允许今夜来否？

听远村寺塔的钟声，

像梦里的轻涛吐复收，

省心海念潮的涨歇，

依稀漂泊踉跄的孤舟；

水粼粼，夜冥冥，思悠悠，

何处是我恋的多情友？

风飕飕，柳飘飘，榆钱斗斗，

令人长忆伤春的歌喉。

沙扬娜拉①
SHA YANG NA LA

最是那一低头的温柔，
像一朵水莲花不胜凉风的娇羞，
道一声珍重，道一声珍重，
那一声珍重里有蜜甜的忧愁——
沙扬娜拉！

作品注释：

① 1924年5月徐志摩在随泰戈尔访日期间写成该组诗，曾收于初版本《志摩的诗》。该诗一共十八首，这里节选了最后一首。

她在那里

TA ZAI NA LI

她不在这里，

她在那里——

她在白云的光明里，

在澹远的新月里；

她在怯露的谷莲里，

在莲心的露华里；

她在膜拜的童心里，

在天真的烂漫里；

她不在这里，

她在自然的至粹里！

偶然
OU RAN

我是天空里的一片云，

偶尔投影在你的波心——

你不必讶异，

更无须欢喜——

在转瞬间消灭了踪影。

你我相逢在黑夜的海上，

你有你的，我有我的，方向；

你记得也好，

最好你忘掉，

在这交会时互放的光亮！

云游
YUN YOU

那天你翩翩的在空际云游，
自在，轻盈，你本不想停留
在天的那方或地的那角，
你的愉快是无拦阻的逍遥。

你更不经意在卑微的地面
有一流涧水，虽则你的明艳
在过路时点染了他的空灵，
使他惊醒，将你的倩影抱紧。

他抱紧的是绵密的忧愁，

因为美不能在风光中静止；

他要，你已飞渡万重的山头，

去更阔大的湖海投射影子！

他在为你消瘦，那一流涧水，

在无能的盼望，盼望你飞回！

乡村里的音籁

XIANG CUN LI DE YIN LAI

小舟在垂柳荫间缓泛——
一阵阵初秋的凉风，
吹生了水面的漪绒，
吹来两岸乡村里的音籁。

我独自凭着船窗闲憩，
静看着一河的波幻，
静听着远近的音籁——
又一度与童年的情景默契！

这是清脆的稚儿的呼唤，
田场上工作纷纭，
竹篱边犬吠鸡鸣：
但这无端的悲感与凄惋！

白云在蓝天里飞行：
我欲把恼人的年岁，
我欲把恼人的情爱，
托付与无涯的空灵——消泯；

回复我纯朴的，美丽的童心：
像山谷里的冷泉一勺，
像晓风里的白头乳鹊，
像池畔的草花，自然的鲜明。

图书在版编目（CIP）数据

我有一个恋爱：徐志摩情诗绘本笔记书 / 意林漫绘编. -- 长春：吉林摄影出版社，2014.7
ISBN 978-7-5498-2025-2

Ⅰ.①我… Ⅱ.①意… Ⅲ.①诗集－中国－现代
Ⅳ.①I226

中国版本图书馆CIP数据核字(2014)第136788号

我有一个恋爱　　WO YOU YI GE LIAN AI

编　　绘 / 意林漫绘
出 版 人 / 孙洪军
总 策 划 / 何　风
责任编辑 / 施　岚　胡晓路
图书统筹 / 影　侠
执行编辑 / 兔小卷
美术编辑 / 资　源
绘　　画 / 罗　悦

开　　本 / 880mm×710mm　1/16
字　　数 / 130千字
印　　张 / 9
印　　数 / 1～20000册
版　　次 / 2014年7月第1版
印　　次 / 2014年7月第1次印刷

出　　版 / 吉林摄影出版社
发　　行 / 吉林摄影出版社
地　　址 / 长春市泰来街1825号　邮编：130062
电　　话 / 总编办：0431-86012616
　　　　　发行科：0431-86012602
网　　址 / www.jlsycbs.net
经　　销 / 全国各地新华书店
印　　刷 / 北京国彩印刷有限公司
书　　号 / ISBN 978-7-5498-2025-2
定　　价 / 25.00元